KB198040

슈퍼 할머니와 방귀 콩 대작전

슈퍼 할머니와 방귀 콩 대작전

초판 1쇄 펴낸날 | 2025년 2월 28일

지은이 | 마리우스 마르친케비치우스
그린이 | 빅토리아 에지우카스
옮긴이 | 한도인

펴낸이 | 양승윤

펴낸곳 | (주)와이엘씨
출판등록 | 1987. 12. 8. 제1987-000005호
주소 | 서울특별시 강남구 강남대로 354 혜천빌딩 15층
전화 | 02-555-3200
팩스 | 02-552-0436
홈페이지 | www.aladinbook.co.kr

ISBN 978-89-8401-498-5 73890
값 14,000원

알라딘 북스는 (주)와이엘씨의 어린이 책 출판 브랜드입니다.

슈퍼 할머니와 방귀콩 대작전

마리우스 마르친케비치우스 글
빅토리아 에지우카스 그림
한도인 옮김

이 책의 주인은:

차례

이것이 청어인가 아닌가–
그것이 문제로다...
앵콜!!!
브라보!!!
더 합시다!

1장

할머니 모임

"할머니! 올빼미들이 또 다 온다는 거예요?" 내가 툴툴거리며 물었다.

나는 할머니 친구들을 올빼미라고 불렀다. 올빼미들은 자주 놀러왔다. 할머니들이 계단을 힘겹게 오를 때마다 헉헉거렸기 때문에 나는 가까이 오기 전부터 그들이 오는 걸 알 수 있었다. 일단 집에 오면, 현관에서 신발을 벗느라 아주 오랜 시간이 걸렸다. 밝게 불이 켜진 거실로 들어서면, 불빛 때문에 눈물이 고인 눈을 깜빡거리며 내 볼을 아프게 쥐고는 인사를 했다. "**아이구 세상에, 벌써 이렇게 컸네!** 학교는 잘 다니고 있고? 커서 뭐가 되고 싶니? 여자친구는 아직 없니?" 등등 온갖 말도 안 되는 잔소리들이 이어졌다. 나는 그저 할머니들이 나를 의자에 세워 두고 시를 암송해 달라고 하지 않는 것만으로도 다행이다 싶었다.

“맞아, 토마스. 내 친구들이 오늘 저녁에 올 거야.” 할머니가 큰 소리로 대답했다.

“방귀 대장 마사도 와요?”

“그렇게 부르지 말랬지!” 할머니가 야단쳤다.

“그 할머니는 맨날 방귀 뀌잖아.”

“마사는 과학자야.” 할머니가 엄한 목소리로 말했다.

“과학자들은 다 방귀 뀌나요?” 나는 할머니 말을 믿을 수 없었다.

“그럼, 당연하지!”

“뭐 발견한 거라도 있어요?”

“마사는 모든 청어는 물고기이지만, 모든 물고기가 청어는 아니라는 사실을 증명했지.” 할머니는 팬케이크에 넣을 달걀과 밀가루를 섞으면서 차분하게 설명했다.

할머니가 만든 팬케이크, 집에서 만든 라즈베리 잼을 듬뿍 올린 그 팬케이크만 있다면, 난 할머니의 모든 것을 기꺼이 받아들일 수 있었다. 심지어 올빼미 모임까지도.

심장약과 곰팡이 냄새, 그리고 할머니들에게서 나는 퀴퀴한 냄새가 온 집 안을 진동하게 만드는 그 올빼미 모임까지도 말이다.

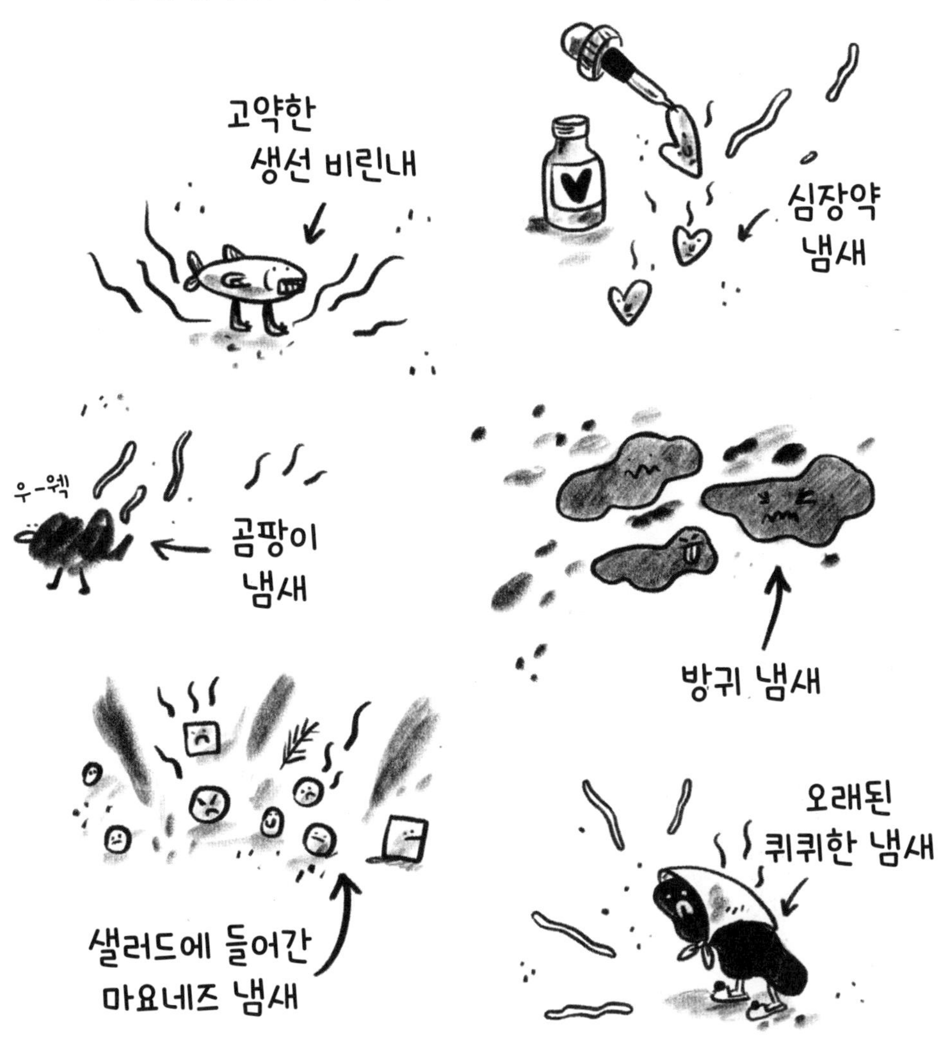

우-웩, 난 절대 나이 들지 않을 테다!

"할아버지들도 같이 오시나요?" 내가 물었다.

"아니, 할아버지들은 다 일주일 전에 낚시 여행을 떠났어. 언제 돌아올지 누가 알겠니. 물고기가 미끼를 물어 대고 있을 텐데." 할머니가 설명했다.

"그나마 다행이군." 난 이렇게 중얼거리며 휴대폰 게임을 하려고 슬그머니 방으로 돌아왔다.

2장

담요 덮은 청어

그날 저녁 우리는 모두 하얀 식탁보가 깔린 커다란 식탁에 둘러앉았다. 올빼미들이 모두 모였다. **방귀 대장 마사**는 빗자루 손잡이처럼 키가 크고 빼빼했고, 항상 체크무늬 치마에 손뜨개로 만든 칼라를 달고 있었다. 그녀는 나를 쥐어짜듯 꽉 끌어안는 것을 좋아했는데, 그렇게 안기고 나면 그날 하루 종일 내게서 나프탈렌 냄새가 났다.

쌍둥이 **베라**와 **레라**. 체조 선수였던 이 할머니들은 몇 번 내게 물구나무서서 걷는 법을 가르치려고 했었다. 당연히 난 도망쳤다.

나는 쌍둥이 할머니들이 체조 선수였다고는 하지만, 자신들이 뭘

하는지 정말 알고 있는지 의심이 들어 그다지 믿음이 가지 않았다.

이 할머니들은 둘 다 지팡이에 의지해서 걸었다. 레라는 왼쪽 다리를 절었고 베라는 오른쪽 다리를 절었다. 어쩌면 그 반대일 수도 있다. 두 할머니는 똑같이 작은 몸집에 머리를 짧게 잘랐고, 둘 다 쫄쫄이 바지를 입고 다녔다.

식탁 끝에는 **거미 할머니**가 앉았다. 내가 그런 이름을 붙인 건 그 할머니가 항상 뭔가를 뜨고 있었기 때문이다. 그런데 뭘 뜨고 있는지는 전혀 알 수 없었다. 이 할머니는 반짝이는 금속 뜨개바늘을 꺼내고, 어느 정도 실을 손가락에 꼬아 감은 다음, 빛의 속도로 뜨개질을 했다.

그런 뒤엔 뭔가 이상한 그물 같은 것이 뜨개바늘에서 나타나곤 했다. 내가 아주 어렸을 때는, 밤이 되면 거미 할머니가 아주 거대하고 살찐 거미로 변해서 그 그물로 아이들을 잡아들일 거라고 상상했었다.

곧 할머니다운 음식들이 하얀 식탁보 위로 펼쳐졌다. 마요네즈로 버무린 샐러드, 할머니들이 고기 젤리라고 부르는 고기로 만든 회색 젤라틴 덩어리, 그리고 여드름처럼 생긴 것들로 뒤덮인 커다

랗고 무시무시한 삶은 소 혀, 눈물이 줄줄 나오게 만드는 고추냉이 등등.

그중 최악인 음식은 바로, 담요 덮은 청어이다. 그런데 담요가 어디 있는지, 내 눈에 보인 적은 없었다. 하지만 올빼미들은 그 끔찍한 음식을 가장 좋아했는데, 특히 거미 할머니가 그랬다. 거미 할머니는 자기 접시에 청어를 잔뜩 쌓아 놓은 다음, 틀니를 꺼내서 접시 옆에 두고, 그 악마 같은 덩어리를 게걸스럽게 먹기 시작했다. 할머니는 한 입 먹을 때마다 중얼거렸다.

"오, 정말 맛있구나! 맛있어..."

내가 이걸 다 견디면서 식사를 마칠 수 있는 유일한 방법은 식탁 위에 놓인 세 개의 둥근 크리스털 그릇에 집중하는 거였다. 셋 중 하나에는 체리 잼이 들어 있고, 두 번째 그릇에는 라즈베리 잼이, 그리고 세 번째에는 초콜릿 크림에 버무린 견과들이 담겨 있었다.

거미 할머니의
틀니

다른 커다란 접시에는 김이 모락 모락 올라오는 따끈한 팬케이크가 잔뜩 쌓여 있었다. 할머니만 만들 수 있는 비법의 팬케이크. 할머니는 냉장고에 보관해 둔 라드 덩어리에서 조금 덜어 내어 프라이팬에 기름을 입혔다. 그리고 팬케이크 반죽을 휘휘 저어서, 프라이팬에 살살 조심스럽게 부어 펴놓고 팬케이크 반죽이 딱 알맞은 갈색이 될 때까지 기다렸다. 가장자리가 녹슨 금속 같은 색이 되면 아주 바삭바삭한 팬케이크가 되었다. 엄마는, 할머니가 엄마 어릴 때부터 쓰던 라드를 아직도 쓰는 거라고 말한 적이 있다. 하지만 난 그 말을 믿지 않는다. 돼지 지방으로 만든 기름인 라드를 어떻게 **그렇게 오래 쓸 수 있다**는 거지?

팬케이크를 다 먹고 나면, 차를 마시기 시작했다.

할머니는 직접 따서 만든 라즈베리 차를 넣은 엄청나게 커다란 찻주전자를 가져와 모든 이 앞에 놓인 도자기 찻잔에 가득 따랐다.

"깨뜨리면 안 된다." 찻잔에 차를 가득 부어주면서 할머니가 경고했다. "내가 이 도자기 찻잔 세트를 어떻게 구했는지 아니?"

나는 고개를 끄덕였다. 당연히 알고 있으니까. 함께 차를 마실 때마다 할머니는 이 도자기 찻잔 세트 이야기를 꺼냈다. 그러니 난 그 이야기를 거의 천 번쯤 들었을 거다.

할머니의 다른 이야기도 마찬가지였다. 사실, 할머니 친구들 이야기도 전부 다 그랬다.

'아, 또 시작하는군.' 나는 생각했다. 그리고 진짜로, 만날 때마다 이야기했던 똑같은 옛이야기들을 할머니들은 모두 다시 이야기하기 시작했다.

각자의 이야기는 항상 똑같은 방식으로 시작했다.

"그거 기억나니, 우리가…"

그러면 모두 동시에 고개를 끄덕이고 옛이야기가 시작되었다.

"잘 먹었습니다." 나는 인사를 중얼거리고 식탁에서 벗어나려고 해봤다. 물론 그게 될 리가 없었다….

방귀 대장 마사가 의자에서 벌떡 일어나 나를 끌어안았다. 나프탈렌의 고약한 냄새가 주변에 풀풀 퍼졌다. 거미 할머니는 가방에서 뜨개질한 것을 꺼내서 내게 주며 말했다.

"이그 느 그야."

무슨 말을 하는 건지 알아들을 수 없어서 나는 공손하게 물었다.

"뭐어라고요?"

"이런!" 거미 할머니는 한숨을 내쉬고는 손을 뻗어 틀니를 집었다. 그리고 급하게 틀니를 입안으로 밀어 넣었는데, 그만 위아래가 거꾸로 들어가고 말았다. 이제 거미 할머니는 진짜 무시무시해 보였다.

"이거 너 주는 거라고." 거미 할머니가 다시 말했는데, 덜거덕거리는 틀니가 당장이라도 튀어나올 것처럼 위협적이었다. 나는 뜨개질한 물건을 집어 들고 바로 고맙다고 인사를 했다.

"정말 이러실 필요는 없는…. 아, 음, **이게 뭐예요?**"

"이게 뭐냐고? 정말 몰라서 묻는 건 아니지? 침대 옆 탁자에 까는 덮개야. 손뜨개로 만드는 게 요즘 한창 유행이지."

"당연히 알죠. 진짜 대유행이에요."

나는 대답하고, 속으로 덧붙였다.

'중세 시대에 그랬겠죠.'

만일 내 친구 누구라도 이걸 내 방에서 본다면…. 다행스럽게도, 이 물건은 할머니 집에 두고 우리 집까지 가져가지는 않아도 되었다.

나는 억지로 착한 미소를 지으면서 거미 할머니에게 다시 감사 인사를 했다.

필요할 때면, 나는 아주아주 공손해질 수 있다. 거미 할머니가 내게 한 발짝 더 가까이 다가오더니 말했다.

"**세상에, 너 이게 다 뭐니?** 온통 잼 범벅이네!" 그러고는 손가락에 침을 묻혀서 내 코 밑을 닦아 주었다.

거미 할머니의 손가락에서는 청어에 뭔가가 뒤섞인 냄새가 났다. 썩은 담요 냄새가 아닐까, 청어가 담요을 덮고 있었다니까. 나는 더 참을 수가 없었다. 그만 자러 가겠다고 하고 바로 화장실로 달려갔다. 칫솔을 움켜쥐고 치약을 잔뜩 짜서 올린 다음, 고약한 청어 썩은 냄새가 없어질 때까지 코 밑을

문질렀다.

나는 입안에 체리 잼이랑 라즈베리 잼, 초콜릿 맛이 남아 있길 바랐기 때문에 이를 닦지는 않았다. 저녁 식사 시간을 통틀어 좋았던 점은 그게 다였으니까….

나는 조심스럽게 식당 문을 열어 보았다. 안에는 올빼미들의 목소리가 가득했다.

"아, 너 생각나니? 그거 생각나?"

나는 할머니들의 시선을 끌지 않게 조심하면서, 내 방으로 슬그머니 들어갔다. 옷을 벗고, 이불 속으로 미끄러져 들어갔다.

3장

빨간 모자 토마스

침대에 누웠지만 웬일인지 잠이 오지 않았다. 할머니들의 목소리가 방문 틈으로 새어 들어왔다.

이제 이야기는 할머니들이 앓고 있는 질병으로 옮겨갔다. 각자 손가방에서 약 뭉치를 꺼내서 설명하기 시작하는 이 부분으로 가기 전에 빠져 나올 수 있었으니 얼마나 다행인지.

"이 약은 파파르염에 먹는 건데 말이지, 정말 효과가…."

할머니들은 모두 온갖 질병들, 이를테면 세상 모든 종류의 트랄라염과 파파르염, 그리고 범블럼증을 앓고 있었다.

“네가 우리 나이가 되면….” 할머니는 이렇게 얘기를 시작하곤 했다. 아니면, “내가 네 나이였을 때는, 컴퓨터나 아이패드, 스마트폰, 그런 게 하나도 없었어.”라고 했다.

그럴 때 나는 **‘정말 안됐는데.’**라고 생각했지만, 물론 소리 내어 말할 생각은 없었다.

아기였을 적의 할머니

솔직히, 나는 할머니들이 젊었던 적이 있었는지도 믿을 수 없었다. 내가 아직 더 아기였을 때, 할머니는 나를 무릎에 앉히고 오래된 가족 앨범을 보여 주곤 했었다. 사진에서 나오는 뭔지 모를 퀴퀴한 냄새 때문에 사진 보는 건 별로 좋아하지 않았지만, 할머니 무릎에 앉아 있는 것은 기분 좋아서 냄새는 그럭저럭 참고 넘겼었다.

특히 방금 전에 할머니가 만든 맛있는 블루베리 덤플링을 먹고 난 후에는 더 그랬다. 사진 속에 있는 예쁜 여자아이를 보긴 했지만 나는 그 아이가 내 할머니일 거라고 믿고 싶지 않았다. 지금으로 봐서는 그럴 리가 없었으니까. 애들은 애들이고, 어른은 어른이고, 당연히 **할머니들은 할머니들**이다. 할머니에게서는 따뜻한 우유와 덤플링 냄새가 났다. 또, 고운 설탕 가루가 뿌려진 할머니표 도넛과 집에서 만든 레모네이드 냄새도. 할머니는 언제나 할머니다. 이 얘긴 끝.

“할머니도 한때는 젊었단다.” 할머니는 그렇게 말하곤 했다. “하지만 어릴 때는 나이 들 거라는 생각을 안 하지.”

그때마다 난 그저 어깨를 들썩였을 뿐이다. 난 늙는 게 두렵지 않았다. **난 절대 늙지 않을 거니까.**

생각의 속도가 점점 느려지기 시작했다. 그래도 일어나서 이는 닦아야 하지 않을까 생각했지만 뭔가 하기도 전에 잠이 방 안으로 슬금슬금 들어와서 그 커다랗고 따뜻한 손바닥으로 나의 눈꺼풀을 덮었다. 눈꺼풀이 점점 무거워졌고, 난 꿈속으로 빠져들었다.

꿈에서 나는 숲속을 걸어가고 있었다. 바람이 세게 불고 있어서 모자가 날아가지 않게 눌렀다. 빨간색 모자였고, 엄마가 떠 주신 거였다. 난 그 모자가 끔찍이 싫긴 했지만 꼭 써야만 했다. 그 모자 때문에 학교에서 '빨간 모자 소녀'라고 놀림을 받았다.

강한 바람에 나무들이 땅바닥까지 휘어졌다. 자세히 보니 나무들이 아니라 칫솔들이었다.

"우린 아직 널 덜 닦았어." 칫솔들이 쉭쉭거리며 나를 향해 고개를 숙이고 달려들었다.

"입 벌려!" 칫솔들이 으르렁거렸다. "이빨을 닦지 않은 사람은 아무도 이 숲에 들어올 수 없어."

난 칫솔 나무가 내 입안으로 들어오게 하고 싶진 않았으므로, 빨간 모자를 귀 아래까지 바싹 당겨 내리고 작은 오두막을 향해서 계속 걸었다. 그 오두막에 가면 안전할 것이라는 사실을 알고 있었다. 왜냐하면 그 오두막 안에는….

쉬익...
쉬이익-
입 버어얼려!
어서...
버어얼려...
이이입 버어어얼려
쉬이익...

그래, 그래, 우리 할머니. 할머니가 그 숲속에 있는 오두막에 살고 계신다는 걸 알았다. 그렇다는 것을 꿈속에서는 이미 알고 있었다. 다람쥐 두 마리가 빠르게 나를 지나쳐 갔다.

다람쥐들은 지팡이를 짚은 채 어딘가로 달려가고 있었다. 한 마리는 왼쪽 다리를 절었고 다른 한 마리는 오른쪽 다리가 불편했는데, 그 반대인 것도 같다. 엄청나게 거대한 거미가 나무에서 거대한 그물을 짜고 있었다. 나는 모자를 더 당겨 내려 쓰고 더 빠르게 걸어갔다.

나는 재빨리 이끼로 뒤덮인 오두막으로 다가가서 밧줄을 찾기 시작했다. 내가 기억하기로는, '줄을 당기면 문이 열릴 것'이었다. 하지만 밧줄이 보이지 않았다.

대신, 문짝에 문고리가 달려 있었다. 염소 머리 모양의 이상하게 생긴 문고리였는데, 두 개의 뿔 사이에 금속 링이 달려 있었다. 나는 그 링의 고리를 잡고 염소의 이마를 두드렸다. 희미하게 소리가 들리더니, 염소가 눈을 떴다.

나는 겁에 질려서 뒤로 물러섰다.

"누, 누구, 누구세요?" 내가 더듬거렸다. "말하는 염소?"

"네가 말하는 염소지." 염소가 화난 소리로 대꾸했다. "난 늑대야." 그러고는 칫솔 숲까지 떨릴 정도로 커다랗게 울부짖었다.

"아, 알겠다. 네가 우리 할머니를 잡아먹은 늑대구나."

"뭐라구? 미쳤어? 난 채식주의자야, 배추만 먹는다고. 난 그냥 문에 매달려서 할 일이 뭔가 생각하고 있었는데, 네가 내 이마를 두드리더니 할머니를 잡아먹었다고 누명을 씌운 거야."

"미안해." 내가 중얼거렸다. "네 기분을 상하게 할 생각은 없었어. 난 그냥 우리 할머니를 보러 온 거야. 할머니가 어디 계실까?"

"줄을 당겨. 그러면 문이 열릴 거야."

"그런데 줄이 없는데."

"네 왼쪽 주머니에 있잖아." 염소가, 아니, 늑대가 퉁명스레 대꾸했다.

주머니에 손을 넣어 뒤졌더니 진짜로, 밧줄이 있었다. 밧줄을 당기니 **문이 삐걱거리는 소리를 내며 천천히 열렸다.**

나는 안쪽으로 걸어 들어갔다. 어두운 방 한가운데에 나무로 만들어진 커다란 침대가 있었고, 침대 머리에는 천사가 새겨져 있었다. 사나운 얼굴에 날개가 달린 통통하고 자그마한 사람들. 천사들의 화살은 나를 겨누고 있었다. 할머니는 침대에 누워 있었는데, 뭔가 이상해 보였다. 촛불에 비친 할머니의 피부는 작은 비늘로 뒤덮인 채 반짝이고 있었다.

"안녕하세요, 할머니." 내가 대답했다.

나는 주춤주춤 조심스럽게 앞으로 나아갔다. 뭔가 괜찮지 않아 보였다.

"할머니, 어디 아프세요?"

"아니."

"그런데 왜 담요를 둘둘 말고 침대에 누워 계세요?"

"왜냐니? 그게 무슨 말이니?" 할머니가 놀라면서 물었다. "난 담요 덮은 청어잖아! 이리 가까이 오너라."

내가 좀 더 가까이 다가가자 할머니가 미소를 지었다. 입안에 날카로운 이빨이 삐죽삐죽 나 있었다.

"할머니, 이빨이 정말 진짜 크네요!" 내가 말했다. **"할머니는 청어…"**

"얘야, 이야기하자면 좀 길구나. 나는 청어로 태어나기는 했지. 그런데 난 항상 내가 사실은 상어라고 느꼈어."

할머니는 입을 크게 벌리고 삐죽삐죽한 이빨을 달그락거리면서 침대에서 뛰어나왔다. 할머니는 달아나는 내 뒤를 쫓았고 할머니 이빨이 뒤에서 계속 달그락거리며 쫓아왔다.

난 미끄러져 넘어졌고 그 끔찍한 상어 이빨이 내 머리 위에서 쩌억 벌어졌다.

순간, 비명을 지르며 꿈에서 깨어났다.

세상이 캄캄하고 조용했다. 더 이상 할머니의 편안하고 나지막한 목소리도 수다를 떠는 올빼미들의 소리도 들리지 않았다.

오줌이 마려웠다. 아마 라즈베리 차가 밖으로 나오고 싶은 모양이었다. 하지만 나는 따뜻한 담요를 끌어올려 덮은 채로 꼼짝도 할 수 없었다. 당연히, 나는 이미 다 컸으니까 어둠 따위는 무섭지 않았다. 아, 물론 자전거를 가지러 지하실로 내려가야 할 때는 빼고 말이다.

우리는 공동주택에 살고 있었는데, 어떤 **'훌륭한'** 사람이 항상 전구를 훔쳐 가곤 했다.

그래서 쓰레기와 썩어 가는 감자 더미가 쌓여 있는 지하실로 내려가야 할 때가 되면, 내 심장은 거의 갈비뼈 밖으로 튀어나올 정도로 뛰곤 했다. 하지만 자전거를 타고 싶은 마음이 항상 더 강해서 그 무서움을 이겨 냈다.

음, 그리고 시골에 있는 친척 집을 방문했을 때, 침대 밑을 잽싸게 지나가는 쥐들도 무섭기는 했다. 어른들이나 사촌들은 쥐는 쥐일 뿐이고, 쥐들은 원래 긁는 소리를 낸다고 했다. 그렇지만 나는 쥐가 내 침대 밑에 있는 괴물일지도 모른다고 항상 녀석들을 의심했다.

물론 나는 괴물 어쩌구 하는 말도 안 되는 이야기들을 믿지도 않고 그것들이 두렵지도 않다. 하지만 지금은 잽싸게 오가는 것도, 삐걱거리고 끼익 하는 소리도 전혀 없었다.

완벽하게 고요했다. 그리고 그게 **더 무서웠다.**

침대 밑의 괴물

4장

할아버지의 방

나는 침대에서 기어 나와 빠르게 달려가 **문을 열었다.** 거실에는 아무도 없었다. 식탁에 다 먹은 접시와 찻잔들이 있었다. 청어 한 마리만이 식탁 한가운데 누워서 유리알 같은 눈으로 나를 노려보고 있었다. 나도 모르게 청어에게 혀를 내밀며 메롱 하고 말았다. 모두 사라져 버린 듯했는데, 할아버지 방 문틈 밑으로 한줄기 빛이 새어 나왔다. 방 안에서 목소리가 들렸다.

나는 그 방을 자세히 본 적이 없었다. 공기도 답답했고, 방 안의 모든 가구가 천으로 덮여 있었기 때문이다.

"깨끗하게 관리하기 위해서란다." 할머니가 말했었다. "손님이 오시면, 그때 천들을 걷어 내면 돼."

좋은 접시들과 은식기들이 그 방의 커다란 그릇장에 가지런히 정리되어 있었다.

할머니는 항상, **"우리가 다 같이 쉬게 되면, 그때 사용할 거야."** 라고 말하곤 했다.

하지만 그날은 한 번도 오지 않았다.

구석에는 오래된 텔레비전이 장식용 덮개가 씌워진 채로 놓여 있고, 벽에는 거의 다른 점이 없어 보이는 일출 혹은 일몰 사진들이 걸려 있었다.

벽의 중앙에는 커다란 할머니와 할아버지 초상화가 걸려 있었다. 두 분은 서로 꼭 붙어 서 계셨고 아주 행복해 보였다.

나는 할아버지를 정말 많이 좋아했다. 아마 할머니를 좋아한 것보다 훨씬 더. 할아버지랑 보내는 시간이 훨씬 더 재미있기도 했고, **나를 돌보는 것을 절대 귀찮아하지 않았기** 때문이기도 했다. 할아버지는 절대로 내가 춥다거나 배고프다고 칭얼거리게 둔 적이 없었다. 나에게 딱 한 숟가락만 더 먹으라거나 멍청하게 생긴 **빨간** 뜨개 모자를 쓰라고 한 적도 없었다. 내가 아주 작은 아기였을 때조차도 말이다.

할아버지는 내가 인디언이 되기로 결심했다고 말했을 때 내게 활과 화살을 만들어 주셨다. 내가 유럽의 기사가 되겠다고 했을 때는 커다란 검을 만들어 주셨다. 내가 **외발이 해적**이 되겠다고 하자, '다리 하나를 톱으로 잘라 줄까?'라고 제안하기까지 했다.

난 다리를 자르고 싶지는 않아서 마음을 바꾸어 우주 비행사가 되기로 했다. 우리는 낡은 드럼통으로 우주선을 만들었고 냄비들로 우주복을 만들었다. 하지만 그때쯤 할머니가 식료품점에 갔다가 집으로 돌아온 바람에 우리의 우주 모험은 끝이 났다.

지금 할아버지는 친구들과 낚시 여행을 떠났고, 할아버지들은 한번 가면 한 주에서 두 주 동안은 떠나 있었다.

그러다 얼마 지나고 나면 할아버지는 지독한 물고기 비린내와 모닥불 연기 냄새를 풍기며 돌아오곤 했다. 나는 항상 할아버지에게 나도 데려가 달라고 부탁했지만, 할아버지는 늘 이렇게 말을 돌리곤 했다.

다음번에는
꼭 가자.

하지만 그 다음번은 결코 온 적이 없었다. 이번에도 할아버지는 혼자 가 버렸다. 할아버지는 다른 할아버지들, 그러니까 올빼미들의 남편들과 낚시를 떠났고 나는 집에서 지루하게 할머니랑 앉아 있다가 그 끔찍한 담요 뒤집어쓴 청어 꿈이나 꾸게 된 거다.

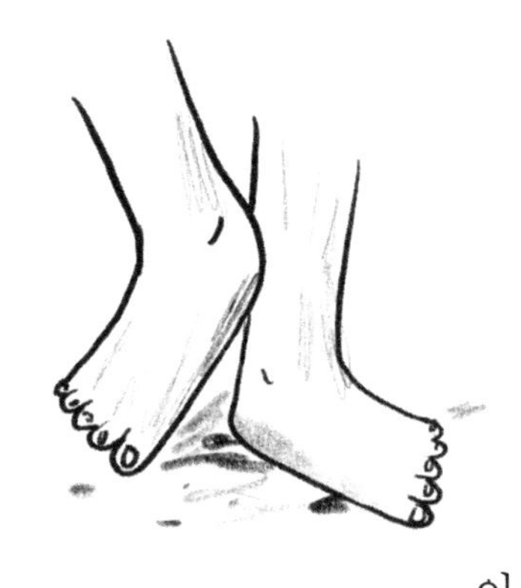

맨발을 문지르고 할아버지 방으로 곧장 걸어갔다. 난 이미 다 큰 남자아이긴 하지만 그래도 할머니 무릎에 올라가 안기고 싶었기 때문이었다. 내가 막 문을 열려는 순간, 이상한 느낌이 들었다. 할머니들의 목소리가 들렸는데, 가만히 들어보면 들어볼수록 더 내가 들었던 올빼미들의 나이 들고 떨리는 목소리가 아니었다. 힘 있고 활기찬 데다 그리고…. 아주 긴장된 목소리였다.

"왼쪽 화면을 보세요!"

방귀 대장 마사의 목소리였다. "여기, 저들이 밀가루로 경보 장치를 해제했어. 그리고 자물쇠 위에 액화 질소를 부은 다음, 언 자물쇠를 부쉈군. 그렇게 금고 안으로 들어갔어요."

“자, 자, 저들은 위에서 내려오는 문을 어떻게 하려는 걸까? 사슬? **아주 영리한데.** 난 이 도둑들이 맘에 들기 시작했어. 옳지, 이번엔 유리 울타리야. 이것 봐, 토치로 그걸 녹였어!”

나는 내 귀를 믿을 수가 없었다. **무슨 일이 일어나고 있는 거지?** 모험 영화를 보고 있는 걸까? 문을 조용히 밀어서 열자 내가 본 것은 놀랍게도….

할아버지의 방은 완전히 다른 방 같았다. 벽에는 그림들 대신 모니터가 빼곡히 달려 있었고, 모니터 화면에는 사람들이 보였는데, 모니터마다 서로 다른 풍경이었다. 어떤 화면은 겨울 풍경이었지만 다른 화면은 태양이 빛나고 꽃이 피어 있었다. 몇 개의 화면에는 자동차가 돌아다니고 있었고 또 어떤 것들에는 건물 내부가 보였다. 언제나 구석에 서 있던 피아노는 덮개가 열려 있었다. 그리고 건반 대신에 거대한 컴퓨터 자판이 있었다. 피아노 몸체에서는 녹색과 빨간색 등이 깜빡였다.

"**마사, 저 화면을 옮겨서** 크게 확대해 줘요. 이 수상한 친구가 머리 긁는 모습을 전에 어디선가 본 것 같은데."

방귀 대장 마사의 손가락이 자판 위를 이리저리 빠르게 움직였고, 곧바로 예전에 할머니와 할아버지의 초상화가 있었던 그 자리에 걸린 커다란 모니터에 화면이 올라왔다. 커다란 방 가운데에 연단이 있는 게 보였다. 바로 그 연단 위에 유리 상자가 있었는데, 그 안에 왕관이 하나 보였다. 검은 옷을 입은 다섯 명의 인물이 연단 주변에서 함께 작업하고 있었다. 갑자기, 그들 중 하나가 돌아서서 내 눈을 똑바로 쏘아보았다. 나는 너무 놀라서 딸꾹질이 나왔다. 나와 눈이 마주친 것은 **미키 마우스**였다.

내가 소리를 내자마자 거미 할머니가 **번개처럼 빠르게** 반응했다. 손에 쥔 뜨개바늘이 반짝하더니 바로 내 머리 위를 날아서 머리 바로 위 문틀에 박혔다.

할머니가 탁자에 있는 버튼 같은 것을 손으로 세게 쳤고, 그러자 갑자기 모든 모니터가 빙글 돌면서 예전과 똑같은 오래되고 재미없는 사진들이 되었다. 방귀 대장 마사는 피아노 윗부분을 세게 내리쳤는데 바로 자판이 사라지고 불빛도 사라졌다. 이제 방은 예전에 그랬던 것과 똑같은 낡고 답답한 할아버지 방이 되었다.

완전히 달라진 것이 딱 하나 있었는데, 바로 할머니와 할머니 친구들의 **눈이었다.**

할머니들의 눈은 이제 더는 흐릿하지도 초점 없이 움직이지도 않았다. **날카롭고, 경계심이 가득하고, 공격적이기까지 했다.**

꿈에 나온 청어랑 똑같았다. 아니, 좀 더 정확하게 말하자면, 청어 옷을 입은 그 상어….

나는 내가 정말, 진짜 정말로 **오줌**을 쌀 지경이라는 사실을 깨달았다. 나는 딸꾹질해가며 천천히 뒷걸음질 치면서 방에서 벗어나기 시작했다. 방귀 대장 마사가 내게로 돌아서더니 다정하게 미소 지으며 말을 걸었다.

"얘야, 나쁜 꿈이라도 꾸었니? 무슨 꿈이었지? 아무것도 못 봤지? 맞지? 그저 다 **나쁜 꿈**일 뿐이야. 무서워하지 말아라."

마치 아기를 달래는 것 같은 목소리였지만, 나는 마사의 말을 믿지 않았다.

"당신 누구야? 우리 할머니랑 뭘 하고 있었던 거야?"

내가 얼버무리면서 달아나려는 그 순간, 레라가 갑자기 벌떡 일어나더니 지팡이를 옆으로 내던지고 탁자 위를 데굴 굴러서 펄쩍 뛰어올라, 내 뒤에 딱 섰다. 그러는 동안 베라는 빠르게 뒤로 세 번 공중제비를 돌아서 내 앞에 착지했다. 그리고 동시에 둘이 내 양 어깻죽지를 세게 잡아채었다. 방귀 대장 마사가 수상하게 움직인 순간 그녀의 손바닥에는 칼이 나타났다.

"얘가 다 봤어." 마사는 쉿 소리를 내면서 손가락 사이로 칼을 휘둘러 탁자에 꽂았다. "우리의 비밀이 새어 나갈 거야. **제거하는 게** 낫겠어!"

나는 순간 화장실을 가지 않아도 된다는 사실을 깨달았다. 이미 바지가 다 젖어 버렸으니까. 나는 비명을 질러 누군가에게 도와달라고 해야 할지, 아니면 그냥 울지, 그것도 아니면 도망치려고 해야 할지, 어찌해야 좋을지 몰랐다. 나를 구해 준 사람은 할머니였다.

할머니는 일어서서 올빼미들에게 소리쳤다.

"그만해! 내 손자를 겁주는 짓은 그만둬. 이 **늙은 독수리들 같으니라고!** 비타민 보충제를 과다 복용이라도 한 거야? 아니면 뇌 뚜껑이 열려서 뇌가 물렁해진 건가?"

할머니가 다가와서 나를 감싸안았다. 진짜였다. **진짜 나의 할머니.** 할머니에게서 익숙한 냄새가 났다. 따뜻한 우유와 블루베리 덤플링 그리고 당연하게도, 나이 든 사람 냄새….

5장

비밀 요원

할머니는 오랫동안 나를 무릎 위에 앉히고 달래면서 진정시키려 애썼다. 그 와중에도 할머니는 가끔 친구들에게 위협적인 시선을 던졌고, 그럴 때마다 올빼미들은 어깨를 으쓱하고는 내 눈길을 피했다.

할머니들에게
화내지 말아라.

"모든 걸 다 말해 주면 화내지 않을게요."

"말하면 안 돼요. **국가 기밀**입니다!"

마사가 말을 꺼냈지만, 할머니가 가로막았다.

"조용히! 아무리 기밀이어도 손주들보다 더 중요한 건 없어요! 우리가 하는 일도 결국 아이들을 위해서 더 나은 세상을 만들려고 노력하는 거잖아."

할머니는 마침내 나에게 비밀을 말해 주기 시작했다.

할머니들은 이야기하고 또 이야기했고, 나의 눈은 점점 더 휘둥그레졌다.

이제 할머니들이 늘 하던 '이거 기억나? 언젠지 기억나니?'라는 말이 갑자기 너무 재미있는 이야기가 되었다. 나는 입까지 벌리고 듣고 있었다.

할머니들은 젊은 시절 비밀 국제기관에서 함께 근무하기 시작한 이래로 줄곧 친구로 지내왔다고 했다.

"우리 중에 젊은 여자 일곱 명과 젊은 남자 일곱 명이 있었단다. 그래서 사람들이 우리를 **백설공주들과 일곱 난쟁이들**이라고 불렀지." 할머니들이 말했다.

"일곱?" 내가 물었다. **"다른 두 명은 어디 있어요?** 지금 다섯 명뿐인데."

할머니가 슬픈 눈으로 나를 내려다보았다.

"우리가 천하무적인 건 아니었단다. 우리 중 두 명의 여자와 남자가 악에 맞서 싸우다가 목숨을 잃었어…. 우리는 젊었고, 정말 용감했단다.

아무리 어려운 문제라도 우린 반드시 해결했고, 아무리 감당하기 힘든 임무여도 결국에는 해냈지! 우리가 얼마나 여러 번 **세상을 구했는지** 아마 너는 상상도 못 할 거야. 그래도 세상에서 우리에 대해 들어 보거나 아는 사람은 전혀 없었어. 목숨을 걸고 임무를 수행한 것은 우리였지만 공은 언제나 경찰이나 다른 조직의 몫이었으니까. 우린 항상 위험을 감수했는데….

우리는 장소에 상관없이 파견되

곤 했지. 사막에서부터 바닷속 깊은 곳까지 어디든 말이야. 일급 비밀 금고를 털기도 하고 가장 보안이 철저한 건물에 침입하기도 했어. 날마다 우리는, 결국 우리들의 남편이 된 사랑하는 사람들과 **목숨을 걸어야 하는 위험을 무릅쓰고** 임무를 해냈단다."

할머니가 버튼을 누르자 커다란 초상화가 다시 빙글 회전했다. 모니터가 나타났고 할머니 집 사진이 보였다. 그런데 뭔가 달랐다. 잠시 후, 나는 그게 뭔지 알아차렸다. 집 주변에 있던 커다란 나무들이 매우 작았다. 그건 그 사진이 아주 오래되었다는 뜻이었다. **할머니처럼.**

"우리의 **첫 번째 본부**가 바로 이 집에 설치되었어. 그리고 이게 우리의 첫 번째 임무였지."

젊은 얼굴들이 화면에 나타났다. 나는 쌍둥이 할머니, 레라와 베라를 알아보았고, 그리고 지금과 똑같은 뜨개 칼라를 달고 있는 방귀 대장 마사를 알아볼 수 있었다. 물론 당연히 나의 할머니도 알아보았다. 할머니의 젊은 시절 사진들은 오래된 앨범에서 수백 번 봤으니까.

모니터 속 화면들이 빠르게 움직이기 시작했다. 낙하산을 메고 헬리콥터에서 뛰어내리거나, 잠수 장비를 갖추고 물속으로 다이빙하는 장면, 암벽을 오르는 모습 등등.

쾅!
BABA3000
냠냠
감사!

"하지만 우리 아이들이 태어나자 비밀 국제기관에서는 더 이상 우리가 필요하지 않다고 결정을 내렸어. 우리에게 **'출산 휴가'**를 주었지. 휴가라고 했지만 사실 우리를 내보내고 싶었던 거야. 우리는 아이가 있었어도 여전히 훌륭하게 일을 해낼 수 있었어. 특히, **아이들이 우리 일을 즐거워했기** 때문에 가능했었지.

우린 아이 키우기와 우리 일을 균형 있게 해내려고 노력했어. 하지만 우리들 중 두 가족이 살해당하고 나자 우리 일이 세상에 알려질 위기에 처하게 되었지. 우리는 다시는 일을 할 수 없게 되었고 벌금까지 물게 될 거라고 위협을 당했어. 우리는 결국 공식적으로 임무를 종료해야 했지. 그 뒤 우린 집에서 **아이들을 키웠단다.** 하지만 아이들이 다 성장한 뒤에도 우리는 부름을 받지 못했어. 비밀 국제기관에서는 우리가 이런 종류의 일을 하기에는 너무 나이 들었고 또 더 젊은 사람들이 일을 이어받아 할 수 있도록 물러나야 한다고 말했지. 그때 우리는 다시 또 물러섰다. 하지만 실제로는, 비밀리에, 각 나라의 정부를 돕는 일을 계속하고 있어. **지금도 여전히 그 일을 하는 중이지.**"

"우리가 아니면 해결할 수 없는 문제가 생기면 연락이 온단다."

거미 할머니가 뜨개질을 계속하면서 눈길도 돌리지 않고 자랑스럽게 덧붙였다. 거미 할머니 뜨개 가방에는 뜨개바늘이 가득 들어 있었다.

"지금 네 개 나라에서 **우리에게 도움을 요청**하고 있단다. 왕관을 훔치는 도둑들이 있거든. 마사, 얘한테 보여 줘 봐."

마사가 보여 준 화면에는 미키 마우스 귀가 달린 검은색 옷을 입은 세 사람이 있었다. 철창을 자르고, 벽을 부수고, 줄에 매달려 있는 모습들이 보였다.

"저들은 지금까지 중국 리 공주의 왕관, 러시아 여황제 아나의 왕관, 프랑스 황제 나폴레옹의 부인인 조세핀의 왕관, 그리고 이란의 마지막 공주인 소라야의 **왕관을 훔쳤어.**

언론에는 이 모든 사건을 철저하게 감추고 있어. 기자들이 알게 된다면 아마 벌떼처럼 달려들어서 엄청 난리를 치겠지. 그래서 각 나라 정부 당국자들이 **우리에게 비밀리에 접촉**해 온 거란다. 우린 저 도둑들을 잡고 왕관들을 찾아와야만 해. 그런데 그게 말처럼 쉬운 일은 아니야. 저 친구들이 하루는 중국에, 또 다음 날에는 프랑스에 있으니 말이다. 저들이 다음에는 어디를 공격할지, 어느 나라에 나타날지 우리는 추측해야만 해!"

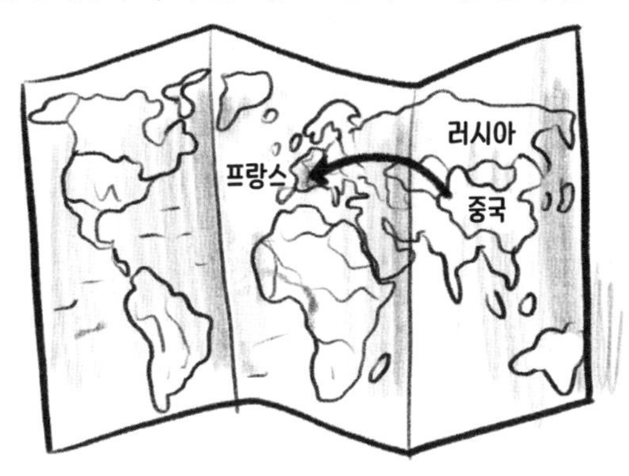

마지막에 보았던 화면이 모니터에 나왔다. 우리를 똑바로 바라보고 있는 **미키 마우스**였다.

나에게 생각이 하나 떠올랐다.

"왕관을 훔쳐 간 도둑을 잡고 싶으면, 반드시 생각해야 하는 것이…."

"도둑 입장이 돼라?" 방귀 대장 마사가 참견했다. "그건 다 아는 말이야."

"그게 아니라, **왕관이 되어 생각해야 해요.**" 내가 빠르게 대꾸했다.

다섯 쌍의 놀란 눈이 일제히 나를 똑바로 바라보았다.

나는 할머니들의 침묵을 무시하고 내 생각을 계속 이야기했다.

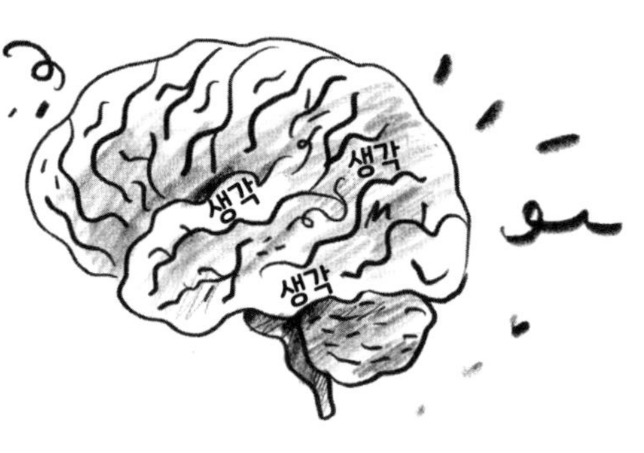

"아마 저 도둑들은 영국 여왕의 왕관을 훔치고 싶어 할 거예요."

방은 쥐 죽은 듯이 조용했다. 나는 할머니들의 흰 머리카락 아래 두뇌의 미로에서 생각이라는 것이 탈출구를 찾아 움직이는 소리가 들리는 것처럼 느껴졌다.

"할머니는 저 도둑들을 꼭 잡을 거예요." 내가 중얼거렸다.

"어떻게 그렇게 확신하니?"

"저 도둑들은 **그냥 쥐잖아요!**" 내가 화면을 가리키면서 말했다.

"그런데?"

"그런데 **할머니들은 올빼미잖아요!**"

방 안을 가득 채웠던 긴장감이 순식간에 사라졌다. 할머니가 탁자를 탁탁 치면서 선언했다.

"그럼 결정된 거야. 내일 우리는 런던으로 간다."

"알겠습니다, 대장!" 모두 벌떡 일어나 할머니에게 경례했다.

'와우! 우리 할머니가 대장이었어!' 그런 생각을 하는 동안 갑자기 나의 눈꺼풀이 더 이상 말을 듣지 않고 축 처졌다. 그리고 내 머리가 할머니의 어깨에 편안하게 기대어 있는 게 느껴졌다. 할머니의 덤플링과 라즈베리 잼, 그리고 나이 든 사람 냄새가 주는 편안하고 달콤한 향기를 들이마시면서, 나는 바로 잠에 빠져들었다.

6장

날아다니는 새끼 돼지

다음 날은 준비해야 할 게 많은 날이었다. 올빼미들은 여기로 저기로 뛰어다녔고, 온갖 이상한 물건들을 가져와 각자의 배낭에 꽉꽉 채워 넣었다. 그런 다음, 할머니들은 방문을 닫고 안에서 뭔가를 자르고 바느질하는 작업에 착수했다. 재봉틀이 돌아가는 소리가 들리기도 했다.

마침내 할머니들이 방에서 나온 순간 나는 움찔했다. **다섯 마리의 커다란 올빼미**가 나를 향해 걸어왔다.

올빼미가 손을 들어 올리자, 손목에서부터 천으로 만든 날개가 펼쳐졌다. 이제 할머니들은 진짜 거대한 포식 조류처럼 보였다.

올빼미 중 하나가 콧소리로 올빼미 소리를 냈다.

"쥐새끼들이 숨어 있는 곳이 어딜까? 우리가 잡으러 간다!"

난 울음이 터지기 직전이었다. 이건 **정말 아니지!**

"왜 그러니?"

할머니가 걱정스러워 하는 목소리로 물었다.

"네 볼이 그렇게 부어 있으면 울기 직전이라는 뜻인데."

"내 거는요?"

울음이 나오려는 것을 꾹 참고 물었다.

"날 혼자 남겨 두려는 거예요? 지금, **내 인생 최고의 모험**이 막 시작되려고 하는데!"

"위험할 수도 있어서 그래. 아동 인권에 따르면…." 방귀 대장 마사가 말을 이었지만, 할머니가 손짓으로 말을 중지시켰다.

"**저 아이 말이 맞아.** 우리와 함께 가야 해. 토마스는 이제 우리 팀원이야."

"하지만 저 애가 입을 위장복이 없잖아." 쌩둥이 할머니가 심각하게 덧붙였다. "저대로는 데려갈 수 없어."

"뭔가 방법을 찾아내야지."

할머니는 창고로 가서 여기저기 뒤져서 보따리 하나를 들고 돌아왔다. 할머니가 꺼낸 것은 내가 학교 크리스마스 연극에서 입었던 분홍 돼지 의상이었다.

"아무것도 걱정할 것 없어. 우리가 금방 날개를 달아 줄게. 이제부터 우리는 **다섯 올빼미와 날개 달린 새끼 돼지**다."

하늘이 점점 어두워지고 있었다. 밤은 검은 고양이처럼 살금살금 다가와서 창턱에 자리 잡았고, 반짝이는 별빛은 눈이 되어 우릴 지켜보고 있었다. 모든 준비가 끝났다. 우리는 차고로 내려갔다.

"오, 안 돼! 그것 말고!" 차고에는 낡고 커다란 **할매차**가 있었다. 나는 할머니의 미니밴을 그렇게 불렀다. 언젠가 텔레비전에서

나이 든 신부가 운전하며 지나가는데 사람들이 열정적으로 그에게 손을 흔드는 장면을 본 적이 있었다. 그 방송 해설자는 신부가 탄 차를 **교황차**라고 불렀다. 그러니 할머니가 타는 차는 **할매차**가 되는 게 당연했다. 할머니는 그 차를 얼마나 느리게 몰았는지 내려서 뒤로 걸어도 그보다 더 빠를 정도였다. 지나가는 사람들이 빵빵 경적을 울려 대고 주먹을 내보여도 할머니는 그런 것에 전혀 개의치 않았다.

나는 할머니가 운전하는 차를 타본 적이 없었다. 차 안에 앉아 본 적조차 없었다. 그것은 엄격하게 금지되어 있었다. 할머니가 뭔가를 금지하면, **그건 그냥 해보는 말이 아니었다.** 아예 근처에도 가지 않는 것이 나았다.

그런 할매차 안에 내가 들어가도록 허락받은 것은 이번이 처음이었다.

"할머니, 정말 저걸로 런던까지 운전해서 갈 생각이에요? 우리가 거기 도착할 때쯤이면 나도 노인네가 될걸."

할머니는 대답 대신 소리쳤다.

승무원, 착석!

올빼미들 전부가 차 안으로 뛰어들었다.

나도 안으로 기어올랐다.

와우! 내 인생에 이보다 더 놀랐던 적은 결코 없었다. 운전대 옆으로 우주선처럼 수많은 조종 장치와 함께 수백 개의 불빛이 켜져 있었다.

하지만 그게 다가 아니었다. 운전석이 있어야 할 자리에, **왕의 의자**가 있었다. 맞아, 맞다고, 진짜로 자동차 좌석이 아니라, 붉은 가죽이 덧대어져 있고 나무로 조각된 의자가 거기에 있었다. 게다가 그 밑에는 할머니 발을 담글 수 있는 족욕 통이 있었다.

할머니는 신발을 벗고 그 통에 발을 담갔다. 할머니가 버튼을 누르자 족욕 통에서 거품이 일기 시작했다.

"할머니, 이거 진짜예요?" 내가 족욕 통을 가리키면서 물었다. "왜 이런 게 여기 있어요?"

"너도 알다시피, 날씨가 추워지면 관절이 좀 아프냐. 족욕이 정말 도움이 돼."

할머니에게 족욕 통에 발을 담근 채로 어떻게 운전할 거냐고 물어보려고 내가 입을 막 들썩이는데 할머니가 크게 소리쳤다.

"승무원, 안전띠 착용!"

할머니가 또 다른 버튼을 누르니까 차고 지붕이 옆으로 미끄러져 열리면서 바닥이 위로 올라가기 시작했다. 그러면서 자동차가 하늘을 향해 비스듬한 각도로 세워졌다. 할머니가 열쇠를 돌렸고 엔진이 생명을 얻은 것처럼 굉음을 내었다.

"오, 사, 삼, 이, 일, 이륙!"

할매차는 연기를 내뿜으면서 위로 솟아올랐고 우리는 로켓처럼 별이 가득한 하늘을 향해 쏜살같이 날았다.

중력 탓에 우리 몸은 의자 안으로 깊이 파묻혔다. 나는 창밖을 보려고 고개를 돌렸다. 저 밑으로 우리 집과 학교, 식료품 가게, 그리고 불빛이 밝혀진 시내가 보였다. 땅은 놀라운 속도로 우리에게서 멀어지고 있었다. 시내의 불빛이 아래쪽에서 잠시 반짝이다가 곧 완전히 사라졌다.

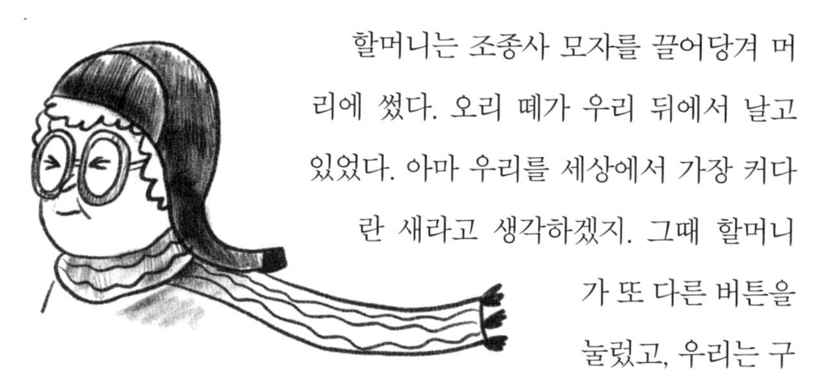

할머니는 조종사 모자를 끌어당겨 머리에 썼다. 오리 떼가 우리 뒤에서 날고 있었다. 아마 우리를 세상에서 가장 커다란 새라고 생각하겠지. 그때 할머니가 또 다른 버튼을 눌렀고, 우리는 구름 위로 솟아올랐다. 모든 것이 사라졌다. 눈앞에 남겨진 것이라고는 끝없는 하늘뿐이었다.

엔진은 조용히 윙윙거렸고, 차는 부드럽게 흔들려서 나는 곧 잠에 빠져들었다.

위이잉…

푹, 퍽, 퍽

부릉… 부릉…

누군가 내 어깨를 흔들어서 나는 잠에서 깨어났다.

"일어나, 토마스. 다 왔다."

나는 눈을 비볐다. 우리 차는 어느 공원 깊은 안쪽, 커다란 나무들 사이에 서 있었다. 우리에게서 그리 멀지 않은 곳에 내가 텔레비전과 사진 속에서 그렇게 여러 번 봤었던 궁전이 보였다. 바로 **버킹엄 궁전**이었다.

"사람들이 우릴 보지 않을까요?" 내가 걱정스러워서 물었다.

"아니, 난 과학자야. 내가 **투명 망토**를 발명했지." 방귀 대장 마사가 대답했다.

"공상 과학 책에서 나오는?" 나는 거의 믿을 수가 없었다.

"거의 비슷해. 사실 이건 망토가 아니라 화면이야. 일종의 가림막 같은 거지. 그걸 차 위로 던져 두고 카메라를 켜면, 이 방향을 보는 사람은 누구든지 나무와 풀만 보게 돼. 아무도 우리 차를 볼 수 없어."

"우와! 굉장하네요. 또 뭘 발명했어요?"

"아, 아주 많지, 내가 꽤 오래 살았어서…."

"최초로 발명한 건 뭐였어요?"

방귀 대장 마사는 불편한 듯 자기 발끝을 내려다보다가 가까스로 대답했다.

"그건 콩이야."

"콩이요?"

"그래, **방귀 콩.** 난 사람들의 고약한 방귀 냄새가 정말 싫었거든. 그래서 사람이 먹으면 초콜릿이나 딸기, 아니면 바나나 냄새가 나게 하는 콩을 발명했어."

"와, 멋있다! 지금도 갖고 있어요?"

"그럼. 그런데 **부작용**이 있어서…."

"그게 뭔데요?"

"방귀가 너무 강해서 공중으로 날아가게 돼."

"공중으로 날아간다고요? 아주 높이 올라가나요?"

"그건 아니야. 그냥 1미터 정도 올라가지. 하지만 30분 동안 방귀 뀌면서 공중을 날아가는 사람을 보면 누구나 정말 괴상하다 생각하겠지. 그리고 나는 실험을 위해 너무 많은 방귀 콩을 먹은 탓에 지금은 방귀를 멈출 수가 없게 돼 버렸단다."

그 순간, 나는 방귀 대장 마사에게 존경심이 생겼다. 마사는 **발명을 위해** 방귀 대장이 된 것이었다!

"내가 먹어 봐도 돼요?"

방귀 대장 마사는 가방을 꺼내서 콩 한 줌을 내 손바닥에 쏟아주었다.

"하루에 한 알, 더는 안 돼! 최대한 두 알까지만. 안 그러면 나처럼 된다."

할머니가 모든 것이 이상 없다는 신호를 보냈고 우리는 할매차 밖으로 나왔다.

우리는 궁전 담장까지 기어갔다. 나는 고개를 들어 올려다보았다. '어떻게 저기를 올라가야 하지?' 이런 생각을 하는 순간, 거미 할머니가 손가방에서 새총과 공 모양의 털실 몇 뭉치를 꺼내서 공중으로 쏘았다. 저 위 어딘가에서 조용히 쿵 하는 소리가 들려왔다. 털실 뭉치들이 벽에 단단히 붙은 것이다.

할머니는 허리에 벨트를 묶고 나서 벨트를 털실 뭉치 중 하나의 실에 걸었다. 할머니가 나를 팔로 끌어안고 배 위에 있는 버튼을 눌렀다. 그러자 **작은 기계가 부르릉** 작동하면서 우리를 담장 위로 끌어 올렸다.

꼭대기에 올라서 보니 궁전 정원 전체가 훤히 보이는 훌륭한 전망이 펼쳐졌다. 문제는 거기에 군인과 경비병이 가득하다는 거였다. 너무나 당연하게도, 왕관 도둑의 소식이 이미 버킹엄 궁에까지 전해진 것이었다.

다른 올빼미들도 할머니와 같은 방법

으로 담장 위로 올라섰다.

"이제 어떻게 하죠?" 내가 할머니에게 속삭였다.

할머니가 아래로 뛰어내리면서 팔을 펼치자 날개가 바람을 머금었다. 거대한 검은 그림자처럼 할머니는 밤하늘을 날아서 반대편 지붕에 착륙했다.

"자, **날개 달린 새끼 돼지,** 네 차례야." 거미 할머니가 재촉했다.

나는 너무 겁이 나서 양 무릎이 서로 부딪힐 정도였다. 하지만 이제 와서 겁쟁이처럼 굴 수는 없었다.

같이 가게 해 달라고 조른 건 나였다. 할머니들을 여기로 데려 온 사람도 나였다. 나는 눈을 감고 컴컴한 골짜기로 뛰어내렸다. 입 밖으로 나오지는 않았지만 나는 비명을 지르고 있었다. 바람이 귓가를 휙휙 스쳐 지나갔다. 눈을 떠 보니 땅이 내게로 빠르게 다가오고 있었다. 그 순간 생각할 수 있는 건, **"부딪히겠다."** 뿐이었다. 나는 눈을 감았고, 무슨 소리가 들렸다.

7장

사라진 왕관의 비밀

퍼억. 털실 뭉치가 내 등에 붙었다. 거미 할머니는 완벽했다. 거미 할머니는 나를 재빨리 위로 끌어올려서 등에 매달고 함께 반대편 지붕으로 날았다. 다른 할머니들은 이미 거기에서 우릴 기다리고 있었다.

"넌 아직 비행할 준비가 되지 않았구나." 할머니가 한마디 했다.

올빼미들의 움직임은 빠르고 정확했다. 이런저런 도구들을 서둘러 배낭에서 꺼냈다. 흡입 컵을 지붕에 있는 창문에 붙이자 뭔가 긁히는 것 같은 소름 끼치는 소리가 나더니 곧 동그란 유리판을 떼어 냈다. 마사가 안쪽으로 손을 뻗어 내부에 있는 잠금장치의 고리를 풀었고, 우리는 안으로 들어가 창틀에 조심스럽게 몸을 웅크리고 앉았다.

아마 우리, 그러니까 다섯 올빼미와 새끼 돼지의 모습은 **꽤 볼 만했을 것**이다. 아무튼, 우리는 다시 거미 할머니의 실을 붙이고 아래로 내려갔다.

우리가 다다른 곳은 거대한 연회장이었다. 바닥에는 우아한 문양이 새겨진 석재 타일이 깔려 있었다. 여러 개의 기둥이 있었고 문장과 방패들이 벽을 장식하고 있었다. 왕궁이라기보다는 박물관처럼 보였다. 마사가 배낭에서 안경을 꺼내서 자신의 뭉툭한 코 위에 걸쳤다. 그 안경 양옆에 있는 몇 개의 버튼을 누르자 안경은 푸르스름한 빛을 내뿜기 시작했다.

마사가 중얼거렸다.

"잘못됐어요?" 내가 걱정돼서 물었다.

마사는 아무 말 없이 안경을 내게 씌워 주었다. 그러자 완전히 다른 광경이 눈앞에 나타났다. 바닥 전체가 붉은색 **레이저** 광선망으로 뒤덮여 있었다. 붉은색 레이저 광선들이 여러 겹으로 얽히며 바닥을 가로지르고 있었는데, 그 위치마저 계속 변하고 있었다. 나는 영화 속 주인공이 능숙한 동작으로 레이저 광선 망을 겅중겅중 건너뛰어 통과하는 장면을 많이 보았지만, 이건 완전히 차원이 달랐다.

모든 레이저 광선들이 끊임없이 움직이면서 서로 겹치기도 하고 계속 다른 위치에서 사라졌다 다시 나타나기를 반복하고 있었다. 영화에서처럼 그 광선들 위를 건너뛰면서 통과한다는 생각은 아예 접어야….

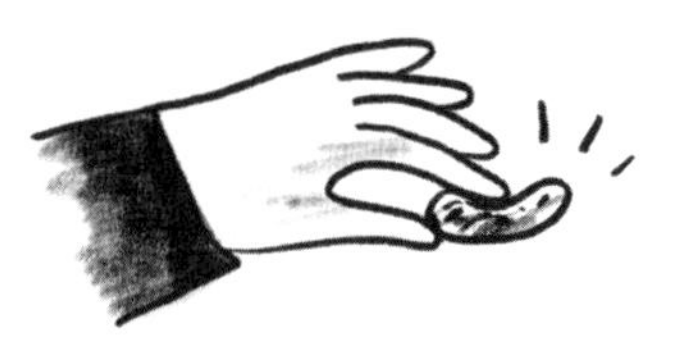

갑자기, **아주 멋진** 생각이 떠올랐다. 나는 마사의 **방귀 콩**을 꺼내서 꿀꺽 삼켰다. 마사가 뭐라고 말하기도 전에 내 배 속이 부글거리기 시작했고, 곧이어 방귀를 뀌었다. 방귀가 특별히 강력하진 않았지만, 소리는 커다란 연회장 전체에 위협적으로 울려 퍼졌다. 그렇지만 그게 뭐 문젠가? 경비원들은 모두 밖에 있었으니까. 게다가 방귀는 나를 바닥에서 1미터나 위로 뜨게 해 주었다.

너 지금 뭐 하는 거니?

할머니가 쉿 하면서 나에게 조용히 하라고 했지만, 나는 그 말을 듣지 않았다. 나는 내려앉자마자 달리기를 시작하는 자세로 있다가 땅을 박차고 뛰어올라서 방귀를 뿡뿡 뀌면서 연회장을 가로질러 날아다녔다. **올빼미들이 서로 쳐다보았다.**

"내 손자야." 할머니가 으쓱하며 말했다. "이래서 사람들이, **유전자는 못 속인다**고 하지."

그리고 마사에게 돌아서서 손바닥을 펼쳤다.

"우리 모두에게 콩을 몇 알씩 줘요. 내 생각에 이게 저 반대쪽으로 건너갈 수 있는 가장 빠른 방법이겠어."

몇 분 후, 방귀 팀 전체가 연회장을 가로질러 날았다. 그다음 베라와 레라 할머니가 쭈그리고 앉아서 열쇠 구멍을 들여다보며 배낭에서 연장들을 꺼내기 시작했다. 열쇠 뭉치와 긴 철사, 그리고 청진기까지 꺼냈다. 둘이 서로 수군거리더니, 열쇠 구멍 안으로 길이가 다른 철사들을 집어넣고 작업을 했다. 오래지 않아 딸깍 하는 소리와 함께 문이 툭 열렸다. 이제 우리가 도착한 곳은 대연회장보다는 좀 더 작은 공간이었다.

벽을 따라서 유리 장식장이 죽 이어져 있었다. 장식장 안쪽에서 조명이 환하게 비추고 있었고 선반에는 **보물들**이 가득했다. 영국 왕실의 보물이 전시된 곳인 듯했다. 나는 주변을 살피기 시작했고 한쪽 구석 바닥에 구멍이 나 있다는 것을 알아차렸다.

쥐들이 이미 여기에 와 있다. 그 녀석들은 항상 굴을 파거든. 내가 옳았다. 방 한쪽 끝에, 우리에게 등을 돌린 채로, 쥐 다섯 마리가 서 있었다. 그들은 꼬리까지 달고 있었다. 나는 점점 그 도둑들에게 호기심이 생기기 시작했다. 도둑 쥐들은 모두 굉장히 바빠서 우리가 지켜보고 있는 것조차 알아차리지 못했다. 그들은 지금 막 가장 큰 장식장의 유리문을 떼어 낸 참이었다.

도둑 쥐 중 하나가 바닥에서 작은 상자를 집어 들어서 뚜껑을 열었고, 다른 쥐가 장식장에서 왕관을 꺼내어 그 상자 안에 있는 붉은색 벨벳 받침대에 올려놓았다.

올빼미들은 슬그머니 다가갔고, 갑자기 할머니가 정적을 깨뜨렸다.

모든 쥐가 한꺼번에 돌아섰다.

"위험해!" 누군가 거친 목소리로 외쳤고, 쥐들은 모두 아주 재빠르게 움직이기 시작했다. 쥐 하나가 쾅 소리가 나도록 상자 뚜껑을 닫았고 다른 쥐는 주머니에서 코카콜라 캔처럼 생긴 검은색 깡통을 꺼냈다.

쥐들은 깡통에 달린 줄을 잡아당긴 뒤 바닥에 던졌다. 깡통들은 큰 소리를 내며 터졌고 연기 구름이 피어올랐다. 쥐들이 탈출을 시도하자 베라와 레라 할머니가 우아하게 공중제비를 돌며 능숙하게 서로를 타고 넘어가 쥐구멍으로 들어가는 길을 막았다.

"잡아!" 할머니가 고함을 질렀고 이어 전투가 일어났다. 올빼미들은 빠르면서도 여유가 있어 보였지만, 쥐들은 온 힘을 다해 맞서 싸워야만 했다. 쌍둥이 할머니들은 수레바퀴 돌 듯이 서로의 어깨를 타고 넘으면서 지팡이를 휘둘러 쥐들을 공격했다.

쿵

쉬이잇

퍽

뿌웅

쥐들은 화가 나서 비명을 지르면서도 맹렬하게 반격했다. 거미 할머니가 쥐들을 향해서 그물을 던졌지만, 쥐들은 잽싸게 칼로 그물을 찢어 내고 계속 싸웠다.

나는 왕관이 있는 상자로 뛰어가 그걸 꽉 잡고 가슴에 끌어안았다. 갑자기 **미키 마우스** 한 마리가 나를 잡으려고 팔을 뻗으면서 내 앞으로 뛰어왔다. 나는 겁에 질려서 방귀를 뀌고 말았고 그 바람에 몸이 공중으로 1.5미터나 떠올랐다. 나는 내려앉을 때 기회를 놓치지 않고 미키 마우스의 코를 정확하게 걷어찼다.

"널 잡고야 말 테다, 꼬마 녀석!"

미키 마우스가 소리치면서 나에게 달려들었다.

하지만 이때 할머니가 연기를 뚫고 나타나서 미키 마우스의 발을 걸어 넘어뜨렸다. 미키 마우스는 넘어졌고 나도 넘어지면서 그 옆에 떨어졌다. 상자가 내 팔에서 빠져 버렸고 뚜껑이 열렸다. **왕관**이 튕겨 나와서 연기 속으로 굴러갔다. 복도로 다가오는 군인과 경비병들의 목소리가 들렸다. 할머니가 도둑을 잡고 꼼짝 못 하도록 바닥에 밀어붙였다. 목소리는 점점 더 다가오고 있었다.

할머니 눈이 도둑의 눈과 마주쳤다.

갑자기 할머니의 목소리가 떨리더니 손의 힘을 풀었다.

"나는…" 미키 마우스 가면 속에서 쉰 목소리가 말했다.

"안 돼! 어떻게…" 할머니는 엄격하고 화난 목소리였다. 예전에 내가 할머니가 아끼던 도자기 찻잔을 깨뜨렸을 때 그런 목소리를 들은 적이 있었다. "내일 해가 뜰 때 거기로 와. 어딘지는 알겠지? 눈에 뜨이지 않게 해. 그리고 왕관을 가져오는 거 잊지 말고…."

할머니의 말이 끝나기도 전에 문이 휘익 열리고 무장한 사람들이 연기를 뚫고 몰려왔다.

"올빼미들, 따라와!"

할머니가 명령하자 마치 마법 지팡이라도 휘두른 것처럼, 전투가 끝났다. 쥐들 중 하나가 왕관을 낚아채서 쥐구멍으로 사라졌다. 거미 할머니가 우리 모두를 재빠르게 천장으로 들어 올렸고, 거기에서 우리는 지붕으로 기어 올라간 다

음 숨겨 둔 할매차까지 날아서 돌아왔다.

난 이번엔 혼자 날았다. 쉽고 재미있었다. 비행할 때 좀 **어지럽긴** 했다. 솔직히 말하면, 마사의 방귀 콩 덕분이었다. 내 엉덩이에 로켓이 달린 것 같은 느낌이랄까. 방귀 뿡, 방귀 뿡.

방귀 콩 대작전의 결말

누가 태어났지?!?!
조산원
257,860명의 남자아이와
563,373명의 여자아이.

다음 날 아침, 우리는 언덕에 서서 기다렸다. **올빼미 대원** 모두. 도시는 우유에 잠긴 딸기 그릇처럼 보였다. 집들은 안개에 잠겼고 붉은 지붕들만이 하얀 솜뭉치 같은 안개 위에 조용히 떠 있었다. 망토를 걸친 누군가가 안개 속에서 불쑥 나타났다. 머리는 후드로 덮여 있었고 얼굴에는 가면을 쓰고 있었다. 어제 본 **미키 마우스 가면.** 손에는 상자가 들려 있었다.

한 사람이 또 나타났고, 또 다른 하나. 차례차례로 두 명의 사람이 더 안개 속에서 나타났다. 그들은 모두 한쪽 무릎을 꿇고, 상자를 땅에 내려놓은 다음 상자 뚜껑을 열었다. 안에는 왕관이 있었다.

왕관은 모두 너무나 말할 수 없이 아름다웠고 거기에서 나오는 찬란한 빛은 안개를 뚫고 할머니들의 나이 든 얼굴을 환하게 비추었다.

첫 번째 미키 마우스가 후드를 내리고 가면을 벗었다. 나는 순간 **숨이 헉 막혔다. 나의 할아버지** 도미니크였다! 다른 할아버지들과 낚시 여행 중이라고 했었는데!

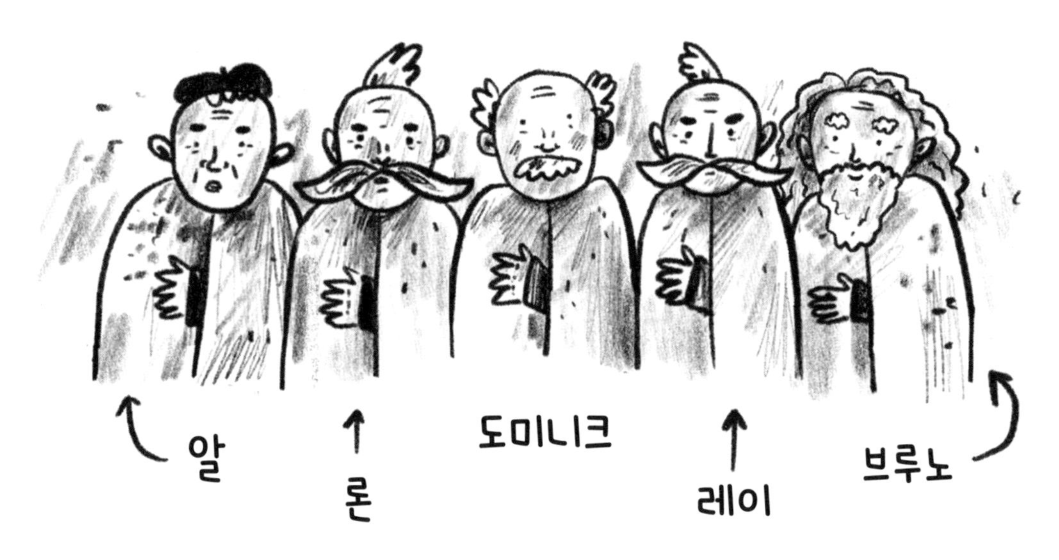

나머지도 후드를 내리고 가면을 벗었다. 방귀 대장 마사의 남편인 브루노와 거미 할머니의 남편인 알, 그리고 쌍둥이 할머니의 남편이자 역시 쌍둥이인 론과 레이였다.

처음으로 말문을 연 사람은 할머니였다.

"이게 무슨 짓이에요? 도대체 무슨 생각을 한 거예요? 다 늙어서 부자가 되기로 결심한 건가요? 낚싯대를 사는 데 돈이 더 필요하던가요? 결국 다 드러날 거라는 걸 몰랐어요? **우리가 당신들**

을 찾아낼 거라고 생각 못 한 거예요?"

"당신이 당연히 찾아냈겠지."

할아버지가 땅바닥에서 눈을 떼지 않은 채 말했다.

"도대체? 왜?"

할머니가 이해할 수 없다는 듯이 물었다.

"왕관은 **당신들을 위한** 거니까!"

"우리가 왕관을 뭐에다 써요?" 방귀 대장 마사가 쏘아붙이자 나머지 올빼미들도 모두 같은 말로 몰아붙였다.

"당신들이 우리의 여왕이니까!"

"무슨?..."

"당신들은 한때 우리의 공주였지. 그리고 그다음엔 우리의 **여왕**이 되었고. 하지만 이 안개가 도시를 가리고 있는 것처럼, 시간이 감정을 가렸고, 그다음엔 기억을 감추었고, 그리고 마침내 인생 자체를 가려 버렸어…."

"사는 게 모두 그렇죠. 이미 알고 있잖아요. 우린 나이 들고 언젠가 **모두 죽는다는 것**을!" 할머니가 도중에 말을 끊었다. 하지만 나는 할머니의 목소리가 훨씬 부드러워진 것을 느꼈다.

"그렇지, 우리는 모두 죽을 거요. 하지만 여전히 당신들은 우리의 여왕이지. 당신이 없었다면 우리는 왕국을 가질 수 없었을 테니까. **당신이 없이는, 아무도 없었을 테니까!**"

"도대체 무슨 헛소리를 하는 거예요? 무슨 여왕? 왕국은 또 뭐고?"

할아버지가 손뼉을 치자 안개 속에서 한 사람이 더 나왔다. 나는 다시 한 번 '헉!' 하고 숨이 막혔다. **이번엔 우리 아빠였다!**

"앤디?" 할머니는 매우 놀란 목소리였다.

그리고 또 다른 사람이 나타났다. **나의 엄마**였다. 엄마는 어린 여동생을 팔에 안고 있었다.

그다음에는 할머니의 다른 두 아들, 나의 삼촌들이 더 나타났다. 둘 다 부인과 아이들, 그러니까 나의 사촌들과 함께였다. 그러고 나서 쌍둥이 할머니의 자식들이 안개 속에서 나타났다. 역시 쌍둥이였다. 그들 다음으로 쌍둥이 할머니의 손주들이 작은 공처럼 굴러 나왔다. 아이들이 너무 많다! 마치 **콩깍지 속의 완두콩** 더미 같았다. 아이들은 모두 앞으로 뒤로 공중제비를 돌거나 물구나무서기를 했다. 아이들이 체조 선수인 할머니들과 아주 많은 시간을 보냈음이 분명했다.

사람들이 안개 속에서 계속해서 나오고 또 나와서 우리 주위에 둥글게 모여들었다. 이들은 모두 다 할머니들의 아이들, 손주들, 증손주들이었다.

"이게 당신의 왕국이야." 할아버지가 속삭였다. "자, 이제 여왕만이 우리에게 벌을 내릴지, 아니면 자비를 베풀 것인지를 결정할 수 있소."

할머니는 고개를 절레 절레 흔들며 못마땅하다는 듯 말했다.

"당신 얼마나 기가 막힌 일을 벌인지 아세요! 철없는 아이도 아니고, 누가 **왕관을 훔칠** 생각을 할까…. 내일까지 원래 있던 자리에 돌려놓으세요! 내가 정부 관리들과 얘기해서 잘 처리할 테니."

할머니는 짐짓 엄청나게 화가 난 것처럼 돌아섰지만, 나는 할머니가 몰래 눈물을 닦는 것을 보았다.

"자, 이제 **일어나요.** 안 그러면 나중에 무릎 아프다고 불평하면서 약이랑 뱀독이랑 달라고 할 게 뻔하니까. 지금 당장 어디서 좋은 뱀을 구한담? 얘들아, 마사에게서 그만 떨어지거라. 마사는 회전목마가 아니야. 자, 얘들아, 너희 엄마 아빠 손을 잡아라. 집으로 가자꾸나. 그리고 너희들, 왜 거기서 그렇게 **입을 헤 벌리고** 서 있는 거니?"

할머니가 엄마 아빠를 돌아보며 말했다.

"이제 곧 새벽이 될 텐데 아이들이 아무것도 제대로 먹은 게 없어. 내가 팬케이크를 잔뜩 굽고 라즈베리 차를 한 주전자 준비하마. 아주 멋진 도자기 찻잔 세트를 갖고 있는데, 내가 어디서 그걸 구했는지 이야기해 준 적이 있던가? 오래된 앨범을 한 번 보는 게 좋겠다…."

나는 왁자지껄하게 떠드는 사람들이 모두 안개의 끝없는 배 속으로 삼켜지는 것을 지켜보았다.

나는 **방귀 콩 3개**를 씹어 먹고 방귀 로켓 덕에 편하게 집에 돌아왔다.

뒷이야기

토마스가 싫어하는
물고기가 뭐더라?
담요
덮은 청어?
2

그날부터, 내 인생은 완전히 바뀌었다. 내가 모르는 다른 세상이 있다는 것을 알았고, 그 세상에는 아이들만 있는 것이 아니었다. 그리고 할머니들도 오래된 기억과 곰팡내 나는 사진 앨범들보다는 훨씬 많은 것들을 가지고 있다는 사실도 알게 되었다.

아! 그건 그렇고, 난 정말 농구를 잘하게 되었다. 골대 위에서 그물에 덩크슛을 내리꽂을 수 있는 유일한 아이가 되었으니까. 물론, 방귀 콩이 내 손에 있을 때만 그렇지만.

사랑하는 아이들아,
슈퍼 할머니의
런던 모험 이야기는
이제 끝이구나.
슈퍼 할머니와
방귀콩 대작전

자, 이제 자야
할 시간이야!
싫어요.
조금 더요.
하나만 더
얘기해 주세요!!!
오냐, 오냐, 내일
할아버지가 슈퍼 할아버지
이야기를 읽어 주실 거야.

숨어 있는
청어를
찾아라!